Égloga da maçã

AFFONSO ÁVILA

Égloga da maçã

Ateliê Editorial

Dados Internacionais de Catalogação na Publicação (CIP)
(Câmara Brasileira do Livro, SP, Brasil)

Ávila, Affonso
Égloga da Maçã / Affonso Ávila. – Cotia, SP:
Ateliê Editorial, 2012.

ISBN 978-85-7480-577-1

1. Poesia brasileira I. Título.

12-00484 CDD-869.91

Índices para catálogo sistemático:
1. Poesia: Literatura brasileira 869.91

ATELIÊ EDITORIAL
Estrada da Aldeia de Carapicuíba, 897
06709-300 – Cotia – SP – Brasil
Telefax: (11) 4612-9666
www.atelie.com.br
contato@atelie.com.br

Printed in Brazil 2012
Foi feito o depósito legal

Como se agora, estendendo
a mão no escuro e pegando
uma maçã, ele reconhecesse
nos dedos tão desajeitados
pelo amor uma maçã.

CLARICE LISPECTOR,
A Maçã no Escuro

comer a maçã é sina adâmica

e após o vogar de eva atlântica

corpo sereia em canto e trama

luzir de olhar prístina chama

peixe e fulgir em surto de água

reversa ao mar rio em deságua

onde confluem doce e sal

a escuma cor de bem e mal

o gosto nácar da procura

do que é de sol mangue e cesura

e vinde vede a casca rubra

recamando o alvéolo a que cubra

de sabor degustante a cio

alfa de gozo ou precipício

a uma trasmontante demanda

de apetite e escapante vianda

que foge fugaz ao algo assédio

e refuga o dente ou intermédio

enquanto não madura a tez

e do agora assezonou a vez

mastigar polpa paladar
o imo delíquio almiscarar
de pomo agregador do lábio
e repleno céu da boca sábio
de aromas de ares refluxos
em lento desfiar de fluxos
expectante fome e esporádico
iludido querer ter sádico
a fruta nascida expedita
e no inconsciente é escrita

e deglutido o sumo leve

derrotada a ternura breve

impostada de voz de orgasmo

ácido de eflúvio e de pasmo

descartar os grãos ao delírio

ao ai ai rumor de cacto e lírio

e deixá-los brotar semeados

ao acaso do campo e dos fados

indecifrável imagem mítica

genes barro de insídia ofídica

primevo vegetal andrógino
hastes de gineceu e androceu
cálida oferenda de fêmea
matriz de espécie gêmea
mel aleitando e compunção
ao ímpeto do macho irmão
de erétil seta impulsivo
facho semântico do vivo
e crido ou não ao crido unido
cria do nada ou dos sentidos

duto botânico de seiva e humo

veia colorada de rumo

sangue propulsor do universo

animado de rima e verso

de busto avatares amares

sob infinito condão de ares

o bíblico multiplicai-vos

aos dez cem mil milhão de laivos

metáfora ou demografia

de aglomerados clãs etnias

lugar e espaço ao guloso de hausto

encantador de cerne e holocausto

vivíparo viril de vidas

recontros beijos sobrevidas

insolente artesão de transas

iridente inventor de tramas

sedutor de irrisão alegria

em agridoce da porfia

a povoar do néscio e do apto

o que é dado por si ou por rapto

e a ele o panteão da estátua

a bronze nu equestre fátua

fundar coube a linguagem do estro

sintaxe elo do destro e sestro

plurigênese de afeto e agrura

do que é do que canta e não dura

maçãs de rosto a toque eflúvio

de quem as provou no dilúvio

na missão noética de esparzi-las

ao rumo da nau de ave e tílias

sentai-o ao desenho dessa mesa
de bar e curtição surpresa
a que convida à tarde à noite
passarela de perna açoite
seio à flor de ofertante busto
que não se exibe a outro custo
de entrever a oculta iguaria
e suscitá-la à desvaria
sede corpo a corpo febril
úbere em florescência ardil

transige afinal eva de ouro

cruza o joelho mostra o tesouro

e ele pai filho avô da fúria

sexa prova o mel da luxúria

entrevisto caminho da arca

cerceada ao olhar patriarca

jardim de ramos ao contato

da penugem dócil ao tato

dídimo gracioso percurso

do que se alçou ao prêmio do excurso

quãos hão de sair dessa mina
a aprender o passo que ensina
a mesma travessia túmida
de terra aberta à semente úmida
em volúpia ânsia de colheita
clone clonagem de si feita
pés e mãos vulva quadris
pênis soberbos senhoris
demiurgos de nações e tribos
estrias de dor e dos prelibos

negra ruiva miscigênea eva

revir de cópula primeva

sigilo de cândido instinto

ou de sexy licor de absinto

ingerido ao calor da pugna

clitóris de vibrátil duna

pandora de areia ou alaúde

ou sons de escarposos taludes

prestes sonido de coxas

rijas atritadas a coxas

e por que não dizer logo eva
sedução por si mesma coeva
de nenúfares em milênios
colhidos aos acasos plenos
ao odor de ninfas e cativas
de ímpio sertão selvas nativas
ou desgarradas fêmeas urbanas
caça de calçadas fulanas
ao níquel do pedágio iníquo
do parceiro da hora delíquio

a banda podre da maçã

quem a saboreou malsã

e a cuspiu ao nojo do dente

até o resgate lupenente

desejo objeto da miséria

do paraíso queda pérvia

deserdada do gozo preâmbulo

que arderia ao mundo sonâmbulo

de ruas quarteirões motéis

estéril mãe filhos revéis

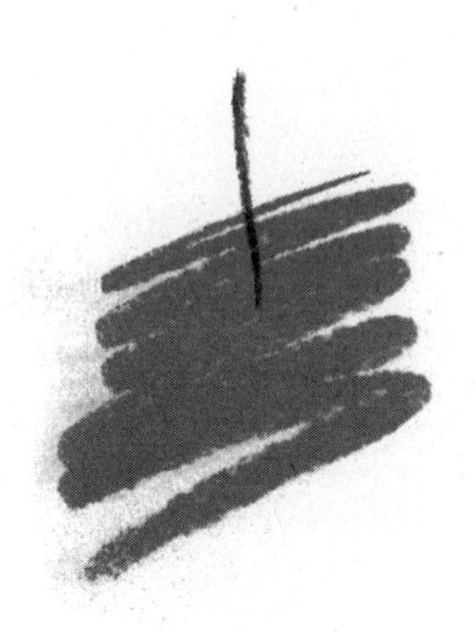

putas gueixas princesas

macieiras flâmulas acesas

de tesura e corpóreo apelo

uníssonas de pelo a pelo

não sobre não sim sobre sim

ressumando princípio ao fim

manjar promanado da tábula

em que se ganha sempre fábula

a que não se foge ciência

de deglutir pomo a carência

e raptar dulçorosas sabinas

cestos de maçã de rapinas

ecstasy drogar capitoso

para o guerreiro desditoso

em jejum de mulher e amar

potro ancestral a damejar

tresloucado adão rupestre

ao silvo da serpente mestra

rude a antegozar a parceira

que mostra e esconde a macieira

e sequestrar helena a bela
entre as mais princesas belas
dos impérios de menelau
espartano ou sete de paus
ao jogo ardiloso de páris
que a ganhou a lances de pares
no pôquer de olhos e poderes
e a levou ao golpe de haveres
bélicos de troia inexpugnável
às naus de um mar invelável

e as três graças filhas de deuses

cárites para homens e elêusis

dóceis ao carinho e à lascívia

maçãs prenúncio a eva divas

tecelãs de mantas e abraços

a envolvente estela de laços

captá-las aos suspiros ávidos

de pávidas luzes e pávidos

quereres ao querer afoito

da pube impulsiva do coito

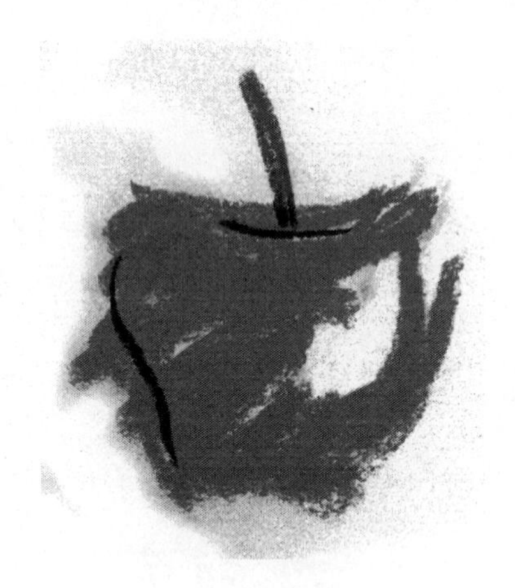

e ao eslavo passo de pavlova

ave dança gazela nova

ao olhar núbil de quem a especta

ob-repção de pernas eleitas

ao salto voo obsedante

ritmo de tempo irradiante

corpo de sinais ao silêncio

de um quase nada quase vento

polpa de maçãs e rescaldo

do pas-de-soi ao rés do palco

e o sumo do fruto acontece

e sublimado entretece

o amor palavra paradigma

em teias matizes enigma

que ao poeta cabe decifrar

na navegação de céu e mar

e ensina ao mundo tenaz

pedagogia de dante arcaz

de beleza selo semântico

da almejada beatriz cântico

cantai poetas o íntimo canto

ao som de encanto e desencanto

da mestra divina comédia

descendo a infernal tragédia

ou à espera no purgatório

em uno coro de ofertório

o siga da estrada celeste

que ao buscá-la ao léu se investe

e ao cantor abre a porta

que a sabedoria comporta

aqui ao desatino náufrago

novel ou sábio enfim ao tráfego

do amar transamar transvoo

como amam os pássaros em voo

amor primaz de beijo trêmulo

sabor roubado ao rubro estrênuo

e quem não o reprisou à oitiva

de calado sós de febo e diva

oculto e ao após ao céu aberto

de rua e coração descoberto

impúbere ou lasso o sentimento

traz ao nervo o impulso momento

do é agora é sorvê-lo clareira

iniciatória ou derradeira

consumo do mudo do belo

do que o vídeo espalha em espelho

dimanado gozo em convite

de ter ou querer apetite

do beijo do abraço sobejo

de carícias sonhadas sem pejo

e se diria amor soído

remoto e presente ao ouvido

de amarga solidão ambígua

de um e outro ávidas bigas

corrida do ser acontecer

de futuro e prenúncio ser

que de si quer chegar à meta

dessa ambrosia predileta

de que nasce e renasce a face

que volverá sempre a outra face

lúdico encontro não permisso
sói como estrela ao sol inviso
e a noite cobre-se a cor custódio
e à lâmpada flux o amor seródio
retraz à flor da mente o tálamo
do prélio as bocas do percalço
e tudo de repente a esvaecer
sopro do não e do descrer
desdito pasmo do só escrito
da carta não lida e do não fito

viés de ontem repleno de glória

grânulos de vitórias histórias

capítulos em prol em contra

exibidos cartazes montras

tonantes sinos destonantes

signos de desterro instantes

que hão de povoar sonos e sonhos

em perene degrau de desdomos

a morte não se fale dela

lápide coração estela

içar velame e partir para outra

viagem nau aprestada de outono

que se vier virá como prêmio

remissor de dores proêmio

de pressentidas aventuras

imaginadas em alturas

de cãs enoveladas dulçores

não provados versos cantores

de fulmíneas palavras fugas

de passado arcaizadas trânsfugas

pois amor algum se repete

primeiro o um sétimo sete

os sentimentos superpostos

de nuances sentidos gostos

ou desafortunado afeto

penso de errores desafetos

a ruída ou tensa performance

do que fora goivos romance

a que o novo há de urdir-se uno

de reaplicados alunos

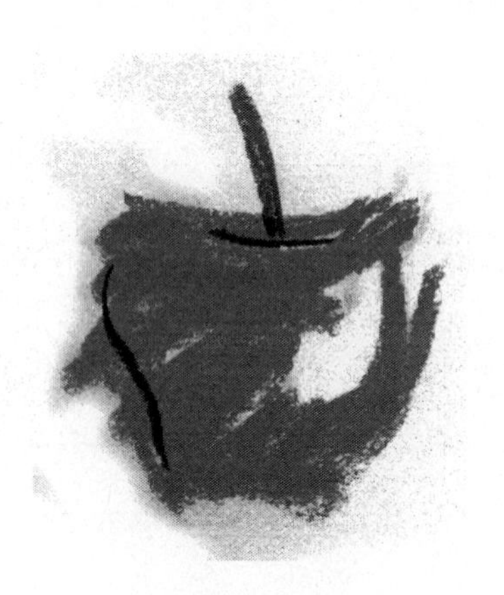

lições reaprendidas ao esmo

e qual fazer-se ave a si mesmo

qual a corça passo melífluo

dimanados de céu celífluos

e perquirir o graal da lenda

superna ansiosa oferenda

para ornar-se florido laurel

saboreado à língua outro mel

recompensa de gesto arturo

apetente liame apuro

louvar juvenis amavios

troca de olhares artifícios

os corações batendo inéditos

juras apressadas de crédito

desajeitados arcos-íris

a vocábulos vozes líricos

mãos dadas esquivos recatos

e a jogo de prendas retratos

assestados rostos ao preito

de escondidos bolsos leito

jovens amores de minutos

a beijos breves e condutos

de adocicada poesia

nascente rima de estesia

e o que vem acoplado sério

por simples arfar império

conquistado de corpo aljôfar

música intocada de solfa

a solfejar o rumo do lúmen

canto enfim toado sublime

e ao mais tardar o amor explode
e já não compõe a antiga ode
e faz calar o relicário
de lírico vocabulário
bloqueou-se a senha do cio
e a um sopro desbrilhou-se o círio
descingiram-se mãos anéis
e o desprezo rasgou papéis
descoloridos de ontem anos
descarte de afetos arcanos

mas quando o amor fica e grita

à alma fixa à desdita aflita

e a resposta é não desenlace

dele nasce furor outra face

do querer não querido exangue

enterrado no peito alfanje

fenda fatal que não sutura

e dói como manhã futura

de acometida fruição

de exdrúxula pungência paixão

e quem diz al ao passional

misto de espírito e carnal

envolto perfil de ciúme

desesperanças crença cume

de feridas beijos alarde

chão de seixos sufoco de ar

alucinante ter e não ter

fazer do não o sim do haver

e das lágrimas a insígnia

do que antes fora a rosa ígnea

paixão escreve-se com custo

o termo cresce como arbusto

e há hastes desgalhos agulhas

sinais do ainda idos fagulhas

do fogo incontido da sarça

que de súbito apaga-se à graça

de prece e de novo ressuma

inclemente crispar de bruma

extremo despender de noite

inaudível palavra açoite

mas toda paixão é simbólica

não há ciência a decifrá-la lógica

prumo ora de dois ora de um

ora antípoda dual incomum

por que armado ardil de fogo

por que golpe letal de jogo

lanços de punhal e de mauser

com ou sem razão ou de máscara

de dor desagravo ou de pávida

alucinação de mente ávida

e tal é a paixão da mídia
a propagar crime do dia
ao vídeo ao jornal à internet
e a justiça desgravando a ética
em rara sentença confessa
ao breve do punir à pressa
dos dez dias dez meses ano
e à incúria do acerto do engano
e tolo pois de quem morreu
se mal se deu assim se deu

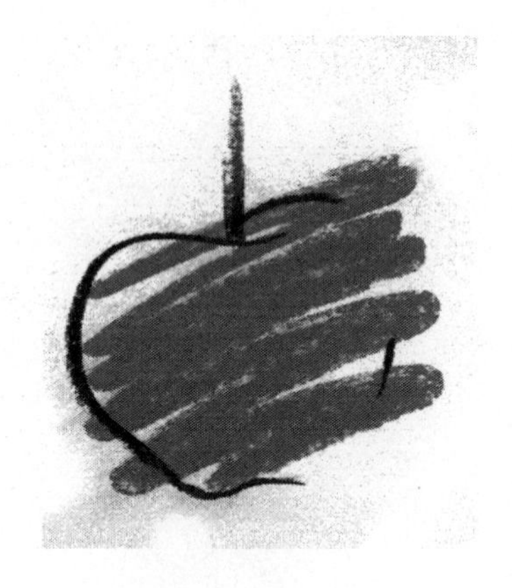

paixão porém tem outros trilhos

luzes de medievos cantarilhos

legendas de tristão e isolda

tirantes às nupciais toldas

somente o olhar cativa e zela

a decantada damizela

e ao mesmo dúctil repertório

há contar-se à fé de ofertório

de heloísa e abelardo o conúbio

castrado e casto cartear núbil

não mais bardar bardo senior

tema tão longo a curto senso

vivo vivido referente

reflexão quem sabe fria ou quente

de um desígnio que não tem autor

ou o teve superno fautor

infra serpente ao cio paraíso

dador de maçã sexo improviso

de quem a inânia impúbere

aprende e arde a lição púbere

pobre coração que vindica

saída ainda audaz voz lírica

a ele caiba a redundância

do haver comido maçã e ânsia

e hoje balbuciar tom de cio

o percorrido solo de estio

bem-vinda eva doce ou astuta

appassionata sábia fruta

- BIS BRAVO APLAUSO BEETHOVEN

SÃO OS SONS DA MAÇÃ O QUE SE OUVE